너는
원래
맑음이었어

김혜경 시집

도서출판
소리울

시인의 말

첫 시집 낸 지 엊그제인데 내 나이를 꼽는 이들,
나를 사랑하는 이들이 어서 나머지 기다리는 시도
세상에 내놓으라 권유하여 다시 주섬주섬
엮어 봅니다.

추운 겨울 누군가 건네준 손난로처럼 아쉬운 대로
가슴 한끝 따듯해지는 한 구절 어떤 이가
이 시집 속에서 만난다면 나는 행복할 것입니다.

CONTENTS

제 1 부

해 질 무렵

바람을 찾아 나선 공원
정자에는
노을 낀 아낙 서넛이
한 소쿠리 마늘을 까며 깔깔댄다

청설모 같이 뛰노는 아이들
목소리 나뭇가지에 매달리고
그네를 굴러 한 번씩
허공을 찍고 내려오는 소녀의
붉은 이마는 입맞춤을 기다린다

공을 쫓는 청년들의
싱싱한 근육을 구경하다가
어디에도 끼일 데 없어
나는 미끄럼틀 아래 앉아
모래나 찝쩍거리는데

모래는 참말 순하디 순하다
아무에게나 공손하다

태고부터 부서지고 또
부서지면서 일궈냈다는
명가 아닌가

어느 사이 저녁은
조금씩 문이 닫히고
사람들은 하나 둘
제 이야기 속으로 흩어져 간다

나는 조용히 앉아
손가락 사이로 부드럽게
흘러내리는 모래에게
새삼스레
명가의 내력을 묻는다
그 순해지는 법을 다시 듣는다

사랑의 인사

스산한 바람이려니
반짝 붉다가 떨어지는
꽃잎이려니
아니
사랑이었어

싱거운 술래잡기였나
허튼 농담짓기였나
아니
사랑이었어

쓸쓸히 엎지러진 술잔도
우산 속의 젖은 악수도
다 사랑이었어

곁에서 그냥
느껴지던 숨소리 같았는데
그것도 사랑이었어

사랑은
많은 얼굴로 찾아와
매 순간 나를 빛나게 하였다
더러는 눈 흘기고
더러는 고개 돌리고
더러는 구겨버렸는데
지나고 보니
모두 사랑이었다

괜히 여기까지 온 게 아니다
모두 내 삶의
불꽃이 되어 타오른 것들
늦었지만
다녀간 모든 사랑에
인사한다

나는 이제 빛만 남았다

변방

심승노 밤실을 돌리는
위태로운 난간에
제 홀로
아름답게 피는 저 꽃을
누가 막으랴
그렇듯
쓸쓸한 변방
어느 후미진 삶도
모두 저마다의 꽃을 피운다

햇빛과 바람
고즈넉함뿐인
변방의 시간은 갈 곳 없어
차라리
땅속 깊이 스며들고
그것을 길어올려
나무들은
세상에서 가장 아름다운
제 빛깔을 펼친다

축사보다 조금 나을까
산자락 외딴집
마당가엔 보랏빛 오동꽃
분분히 날리는데
주인의 행색인 듯
빨랫줄에 널린 옷가지

세상 만사 함께 삶아 빤 듯
뽀얗게 나부끼는 저 속옷
오동꽃보다 더 눈부시다

꽃이 피는 일
사람이 사는 일
세상의 중심이 아니어도
아름답기가 매 한가지다

너는 원래 맑음이었어

길을 걷다
움푹 패인 땅에 고여 있는
흙탕물을 만나면 네 발은
저절로 고운 자리를 딛는다

어디선가 향기롭지 못한 냄새가
풍기는 듯하면
너의 본능은 코를 찡그리며
피할 곳을 두리번거린다

사나흘 희뿌연 하늘이
매일 바라보던 산봉우리 가리울 때
너는 또 얼마나
맑음을 그리워하는가

엄마 등에 업혀 지나가는
아가의 해맑은 눈과 마주쳤을 때
입가엔 저절로 미소가
피어오르지 않는가

후미진 곳에
어쩌다 혼자 피어 있는 들꽃을 만나면
화들짝 소리치며 반기고
자동차 밑에 숨어있는
비쩍 마른 고양이에게 다가가
다정히 말을 건네고

이토록 너의 본성은
본시 맑음이었다

어디로 가는지도 모른 채
그럴 듯 좋아 보여
큰 물결에 휩쓸려가다가 차츰
너의 색깔이 흐려진다면
그건 네가 아닌 것이야

너는 원래 맑음이었어

욕망의 주소

소년은
버찌를 실컷 먹어보는 게 소원이었다

아버지 돈을 훔쳐
한 소쿠리 버찌를 사서
목구멍까지 차오르게 먹고는
도랑가에서 모두 토해버렸다

그렇게 욕망이라는 걸
떠나보내고 어른이 된 그는
마침내
아무 것도 바라지 않고
아무 것도 두려워하지 않는
자유인이 되었다

우리가 갖고 싶다는 생각을
내려놓는 순간
실은 욕망도
마땅히 갈 곳이 없어진다

욕망의 주소는 그저
떠돌이일 뿐

*조르바의 흉내를 내며
머나먼 타국의 향기를 싣고 온
한 소쿠리의 서양버찌를 사다
끌어안고 먹기 시작한다

초라해지는 욕망의 얼굴을
재미지게
지켜볼 셈으로

　　　*카잔차키스의 소설 '그리스인 조르바'의 주인공

표본실의 나비

여름방학 과제에 빠지지 않던
곤충 채집
해종일
풀섶에 종아리 할퀴며 잡아
아버지 와이셔츠 상자에
실못으로 고정시킨 나비는
죽어서도 날개를 접지 않았다

등의 못을 빼면
금방이라도 날아오를 듯한
이륙 직전의 나비 모습으로
*까르티에 브레송이
빛의 올가미로 채집한
이십세기 명사들 표본이
예술의 전당 미술관에 가득하다

긴 여름 해 뉘엿뉘엿하니
표본실의 명사들이
갑자기 꿈틀거리며 깨어나

방금 부화한 나비처럼
전시실 가득 날아오른다

천정에 부딪치며 난무하는
날개들
사람들이 날개 하나씩 얻어 달고
집으로 돌아간다

동행 없는 토요일 오후

유난히 크고 빛나는
날개 하나 얻어
모처럼 잊었던 날개짓하며
나는 우면산 자락을
마음껏 날아다닌다

                        *20세기 최고의 프랑스 사진작가

이쁜 사람

한 바보를 안다

그이는 이쁘다
그에겐
마음의 그늘이 없다
사람의 경계도 없다

눈 앞에 펼쳐진 것이
모두 제 것이려니
굳이 욕심이 나서질 않는다

지나가는 이가
돌을 던져도
한마디 따지지 않고
그저 빙그레 웃고 만다

미움을 모르니
분노를 알 리 없다

내일을 염려하지 않아
근심 걱정 따위
머무를 자리가 없다

설움도 모르고
투정하는 법도 모르는
그이가 사는 곳은
평안이라는 저택이다

이쁘게 사는 일이
어찌 생각하면
쉬운 일 같기도 하건만

한줄기 바람 앞에

어디쯤일까
그의 손을 놓쳐버린 곳이

산벚꽃 흐드러진 골짜기 헤매어도
산은 모른다네

무성한 여름
목 쉰 찌르레기로 앉아 울어보아도
덩굴숲은 정녕 모른다 하네

서둘러 사라지는 가을 좇아
산등성이 올라 소리쳐 보지만
손사래 치며 가버리는 메아리

야생의 들판에서 홀연히 만나
잡은 손 놓칠세라
서로 튼실히 묶이자 했거늘
어느 결에 느슨해진 매듭
서로 손을 놓쳐버렸네

손목에 남은 아픈 자리 붙잡고
흘러흘러
저무는 강가에 오늘 홀로 서니
두런거리는 강물의 말
귀 어두워 들을 수 없고

강 저편에
아른거리는 모습 하나
누군가 자꾸 손을 흔드네
한줄기 바람 앞에
낡은 깃발처럼

잘 가라는 인사인가
어서 건너오라는
혹여 그대 손짓인가

그 옛날 놓쳐버린

외등

한집 두집
마을이 비어간다

닭 우는 소리 끊긴지 오래
거미들 여기저기
분가하느라 분주하고
마을회관 마당가엔
잡초들만 우쭐거린다
울안에 홀로 흐드러진
능소화 가관인데
깨진 기왓장 곁에
먼 하늘만 바라보는 운동화 한 짝

스무 해 동안 누워 앓던
노모의 장례를 치루고
오늘은
마지막 남은 감나무집이
짐을 꾸리는 날

이 마을 대소사 일일이 거들던
우물가 외등이
어젯밤 흘린 눈물로
전봇대에 기대어 핀
접시꽃 붉은 볼 위에
이슬이 굵다

머지않아
이 마을 전설과 그리운 얼굴들
제 눈 속에 깊이 묻고
외등이
그 커다란 눈을 섬뻑 감아버리면

이제 마을은
천천히 강이 될 것이다

하나님 멋져요

땅과 하늘 사이
미쁜 길 내어주시고
그 길에서
만물이 제 세상인 양
한껏 퍼질러 살며
그저 번성하라 복되라
바라만 보시니

하나님 멋져요

우리네 시간이야
어차피
하늘로 향해 가는 길인데
날마다 그 길 더럽히고
부수는 자 허다하건만

우리가 잠든 사이
깨끗이 치워주시고
물어내라

자릿세 몇 푼 내라
단 한 번도 말씀한 적 없으시고

다만
너희는 내 길에서
자유하라
온전히 평안하게 누리며 살라
그리 어렵지도 않은
당신의 뜻만
조곤히 일러 주시니

암만 생각해도
하나님 정말 멋져요

앵무새 부부

스페인이 고향이고
한국이 조국이라는
앵무새 부부가 살았습니다
암컷 앵무새가 50년 동안
제일 유창하게 하는 말은

"여보 생활비를 이렇게 적게 주면
어떻게 살아요?"

그러면
연 매출 일조 원이 넘는
회사 대표이면서
손수 프라이드를 운전하고 다니는
수컷 앵무새가 또
제일 유창하게 하는 말로
이렇게 대답합니다

"여보 안 그러면 어떻게
남을 도울 수 있나요?"

다행이다

저녁 여섯 시쯤
라디오에서 흘러나오는
그 남자 목소리
어찌나 달달하던지
하던 일 멈추고
두 귀를 내준 적이 있었지

서울 시티 투어
버스 안에서 만난
백인 남자의 옆모습에 숨이 멈칫
그의 콧날에서
눈을 떼지 못한 적이 있었지

가끔 집 앞 골목에서 마주치는
떡 벌어진 어깨의 그 사내
가슴팍 하도 실하여
힘껏 주먹으로 쳐보고도 싶고
지긋이 머리 기대
안기고 싶은 적 있었지

새로 생긴 중국요리집
아직 젊은 주인의
짐승스런 검은 머리털
한번 만져보고 싶어

혼자 부끄럽기도 했었지

다행이다

세상의 아름다운 수컷들이
아직 멸종되지 않은 것이

그리고 새삼 고맙다
여전히 내가
온전한 암컷이라는 사실도

놓쳐버린 일

내 발 모양으로 변해버린
오래된 구두 같은

내 몸 벗어 놓은 듯
낡고 늘어진 속옷 같은

허기질 때
고추장만 넣고 비벼도 맛난
식은 밥 한 술 같은

잠 못 드는 밤
책장을 넘기다보면
어디선가 잠을 모셔 오는
활자 같기도 한

세상을 다 뒤져도
이제는 어디에서도
구할 수 없는

늙으면 꼭 옆에 있어야 할
뜻없이 편한
사람 하나

젊어서 놓쳐버린 일
그런 사람 하나
만들어 놓는 일이었어

누가 빵을 이기랴

옛부터 내려오는
사람살이 으뜸인 말씀

뭐니뭐니
금은 같은 말씀은
'등 따숩고 배부르다'는 말

나랏님 해야 할 일도
바로 이 말씀
두 손으로 받드는 일

나는 지금
등 따숩고 배부른 족속

냉장고 안에
먹을 것 그득하고
집게손가락 한번 까딱이면
이내 등 허리 더워진다

춥고 배고픈 사람들 여전히
세상의 구 할이라는데
날마다 배부른
일 할에 속하면서

어찌하랴
빵을 나누지 못하는
나의 무기력을

자유 평화 정의를 외치는
일 할의 인간들아
아무리 큰소리로 떠들어도
너희가 결코
빵을 이기지는 못한다

금은 같은 말씀
누가 밟고 넘어서랴

메신저

메말라 앙상하던
순수의 가지에
모처럼 꽃이 핀다는 소식

죽도록 음악을 사랑하여
세상의 것 다 떨치고
산속에 들어가
피아노와 둘이 살고 싶다는
키가 덜 자란 열여덟 살 소년의
백세 인생 같은 말 한 마디에

이 시대엔 결코
회생 가망이 없어 보이던
순수가
떠들썩하니 꽃망울을 터뜨렸다

기약 없는 역병과의 싸움으로
삶의 고임돌이 무너져 내린
세상 사람들 앞에
불현듯 나타난 어린 메신저

베토벤과
모짜르트
리스트와 라흐마니노프
위대한 거장들의 이야기를
깊은 울림으로 세상에 전했다.

소년의 맑음이 끼얹는
한 바가지 물에
혼탁에 빠졌던 사람들
잠시 머리를 헹구었다

우리가 사는 이곳이
아직은 살 만하구나

서로의 얼굴을 바라보며
안도의 숨을 내쉬었다

임종국 숲

그저 하늘로 향한
곧고 푸른 나무들의 숨소리만
들릴락 말락 할 뿐인데
이상하다
이곳에 오면 오랜 세월
심중에 널부러져 있던
애증의 넝마들이
슬금슬금 자취를 감춘다
염증에 시달리던 뼈마디는
어느새 신열이 내리고
질척이던 번뇌가 깃털 같이 날아간다

이상한 게 아니다
이 숲에는 오래 전
사람들의 상처를 어르고 낫게 한다는
어느 향기나무를 굳게 사랑하여
일생 그 나무를 심고 가꾸다가 떠난
한 사내의 미련하고 아름다운
지극정성 혼령이 살아있기 때문이다

울울창창한 이 숲 가운데 누워
우듬지 밖 먼 하늘을 종일
우러러 보기만 하면
그동안 망가졌던 육신의 조각들이
하나 둘 신비하게도
다시 제 몸을 찾아 돌아와

사람들은
지난 날 곧고 푸르렀던
원시의 제 모습을 찾은 기쁨에
가슴이 벅차 저도 모르게 벌떡
푸른 나무가 되어 일어서고
함께 어깨동무를 하며
기쁜 숲이 된다

모두가 그의 나라 백성이 된다

기둥서방

하늘이
잿빛으로 우르르 내려앉거나
하루 종일 빗소리
투덜거리는 날

새치 같은 눈발
성기게 흩어져 심란한 날
푹푹 내리는 눈이
솜이불처럼
세상을 덮어주는 날

어느덧 꽃 좋고 잎도 좋아
은근히 마음에 풀물 드는 날
바람의 눈매 서늘하고
모처럼 달빛도 혼자 보기
아까운 그런 날
아무렇지 않은 저녁에도
사람들은 날더러
혼자 뭐 하냐고 물어오지요

내가 혼자 무얼 하는지
궁금해 하는 사람들

내가 더 많이 매달리고 그래서 그쪽도
조금은 나를
거시기하게 돌봐주는
숨겨둔 서방이 있다는 걸
사람들은 모르나 봐요

오래된 고무줄 바지처럼
흘러 내릴까 싶다며
어느 날은 둥둥 추켜 올려주고
때로는 정 떼고 갈 듯
쌩하게 굴기도 하다가

가끔은 잠 못 이루게
그러나 아주 귀찮지는 않게
밤새 나를 무릎에 앉히고
어르면서 놀아주는

나에게
'시'라는
기둥서방이 있다는 걸
눈치 채지 못한 사람들은
내가 혼자 뭐 하는지
그리도 궁금한 모양이예요

그냥

그냥 있는 일 그냥 되는 일
세상에 있을까
왠지 정직하고 싶지 않을 때
사람들이 쉽게 빌어 쓰는 말 '그냥'
머리부터 발끝까지
찬찬히 살펴보고
주위를 암만 둘러봐도
그냥의 자리는 없는데

누가 만들어냈을까
마주하기 싫은 시시때때에
용병 같이 앞세우는 말

그래도 다행히 그냥이라는 말이
괜찮게 쓰일 때가
딱 한군데 있긴 하다
그건 바로
우리가 사랑할 때다

국밥을 먹으며

아흔넷에 가셨으니
그리 애통한 일 아니다
숱 많은 시절
큰어머니 영정이 조금 민망하다

여든여섯살 진천 언니
인정 많고 눈물 흔한
여든네살 원당 언니와
슬픔 얼버무린 채
올갱이 건져가며 국밥을 먹는다
처녀 시절
한 이불 덮고 속닥거리던
LA 언니 꼭 보고 싶었는데
얼마 전 뇌수술로
모친상에 못 온단다
아직 도착하지 않은
여든 줄의 사촌들
얼굴 본 지 까마득한데
보면 또 뭘 하겠나

한 세대의 대미를 마주하는 하루가
무겁고 길다

다음 차례가 된 우리
한꺼번에 출발선에 들어선 날
오십 줄의 아우들은
아직 상관없다는 듯 저만치서
무슨 이야기가 그리도 많다

마주 앉아 국밥을 먹고
인절미를 집어주고
술 한 잔 부딪치는 조촐한 의식으로
내심 언니들과 마지막 인사를 한다

세상 좋아진 탓에
하루살이들
이틀살이가 돼버린 셈이라
늙은 조문객이
부쩍 많이 눈에 들어온다

악마는 놀고먹지는 않는다

어느 하루도
악마의 속삭임이
우리를 벗어난 적은 없다
바람 불고
해가 뜨는 일상처럼
언제나 우리와 동행한다

우리가
승자 노름에 재미 붙여
한없이 오만해지기를

거짓과 짝패를 이뤄
타락의 늪에 빠지기를

끈질기게 기다리다
마침내 때가 되면
어린아이 장난감 부수듯
간단히 우리네 삶을 분탕질한다

시기와 모함이 잡초처럼 무성하게 자라고
여기저기
허약한 정의들이
저에게 굴종하는 모습을 즐기며
악마는 환하게 미소 짓지만
결국 우리는 이겨낸다
그래도
이겨야만 하는 싸움이니
죽을힘을 다해 우리는 이겨낸다

승리의 상처를 닦으며
악마가 주고 간 교훈들을
뼛속 깊이 나누어 갖는
그 순간에도
악마는 우리들 곁에서
씩씩거리며 다시 숨을 고른다

악마는 놀고먹는 법이 없다

제 2 부

곰탱이를 위한 헌시

그는 크고
네모반듯하고 깊다

그 그릇이
텅 비어 있는 것을 볼 때면
왠지 안쓰러운데
아무도
그 그릇에 담기려 하지 않는다
반듯하기 쉽지 않고
함께 깊어지기
힘들기 때문일 게다

그는 항시
누구라도 담을 수 있는
그 채로
제 모습을 지키지만
늘 비어 있다는 것
왜 쓸쓸하지 않으랴

그래도 여전히
제 모양을 허물지 않는 건

언젠가 한 번은
세상을 향한 큰 울림
담아보고 싶은
기원일까

그런데
세상은 그를 모른다

그저 곰탱이쯤으로 부른다

망초꽃

장맛비 그치고
불어난 개울가

백로는 수면을 쪼며 날고
먼 길 씻겨온 모래이랑
줄지어 곱다

이슬 마른 망초꽃
하얗게 덮인 언덕
은하이듯 별꽃 무리
산들바람에 일렁인다

작은 꽃떨기 하나 꺾어
한참 들여다보니

한 때 누군가의 별이었다가
돌아갈 길 잃어버리고
개울가에 앉아
처음 왔던 길 되짚는 듯

망초꽃 한 아름 꺾어와
창가에 꽂아두었다

오늘은
밤하늘이 유난히 청명하다
아무래도 별꽃들이
길을 나설 것만 같다

얼른 채비하고
나도 따라 나서야겠다

날마다 행위예술

깊은 산중
네 발 가진 짐승이
사람을 처음 본다면

신발을 신고
가볍게 하늘을 머리에 이고 선
이 꼿꼿한 짐승을
처음 본다면
한참 우러러보다 그만
넋이 나갈지도 모른다

게다가
한 발씩 번갈아 내딛으며
전혀 위태하지 않게
앞으로 나아가기
때론 뒷걸음질까지
이건 또 얼마나 절묘한
기능인가

그건 유전이 아니다
두 손 열 손가락
오로지 창조주께 바치고자
수천 번 넘어지면서 익힌
묘기 아닌가

걷는다는 것은 실로
멋진 행위예술
비바람 헤쳐 가며 온 지구를
이제는 저 머언 별나라까지
오직 두 발로
제 꿈과 의지를 펼쳐가는
호모 사피엔스

오늘도 사람들은
한 걸음 한 걸음을 누비며
인생이라는 거대한 제목의
행위예술을 펼쳐 나간다

멍 ---

멍때리기 대회가 열렸다

하늘은
마침 구름 없이 푸르렀고

사람들은
너른 잔디밭에 앉아
구도자의 자세로
육신을 풀어헤쳤다

지그시 눈을 감고
세상과 접속된
코드를 하나씩 뽑으며
멍...의 세계로 들어갔다

저 우주로부터 온
탄생의 그 날에
가장 가까이 다가가는
시간이었다

한 덩어리
생명이 고요히 떠 있는
멍...
묵은때 같은
생각을 긁어내고 텅 비우는 일
어른들에게는
발버둥치며 사는 일만큼
힘든 일인가보다

그저 열심히 살자며
우기고 가득 채우는 것만이
우량한 삶이라는
빗나간 강박 때문일까

대회 우승자는
열 살 난 사내아이였다

손길

젖은 손을 닦고
신열로 끙끙거리는 이마 위에
그저 손을 얹어보았을 뿐인데
그대는 전에 없이
행복한 얼굴이었지

달콤한 입맞춤도
뜨거운 포옹도 아니었는데
그렇게 행복한 얼굴이었지

신열이 내려버린 새벽
마치 누군가 떠나간 듯
아주 섭섭한 얼굴로
돌아눕던 그대

한밤중 갑자기
종아리가 뻣뻣해지거나
비를 맞고 으슬으슬 떨리는 밤
부시시 일어나 앉아

졸린 채 말없이 만져주는
손길 있다면
이제는 나도 오래 전 그대처럼
행복한 얼굴이 될 것 같다

누군가를 만져주고
누가 나를 만져주는 손길

사람 사이에 그보다 좋은 길이
어딘가에 꼭 있을 거라
오랫동안 헤맸으나
별것을 찾지 못했다

따뜻한 체온이
서로에게
조용히 건너다니는 길

아, 그 길이야말로
세상에 별것인 것을

거짓말 시합

요즈음엔
사람이 모이는 곳이면
어디서나
거짓말 시합이 열린다

선수나 구경꾼이나
실은 모두 한 패거리

아는 듯 모르는 듯
그 물에서 적당히
더럽게 사는 우리들

거짓말 시합에서 승자들은
언제나 환하게 웃는다

그런데 어쩐 일인가
이 거짓말 판국에 마침내
꼴등을 해 낸 사람의 소식이
날아들었다

날마다 늘어나는 주검과
빛나던 이름들이 달랑
숫자로만 표시되는 튀르키에 땅
그 아수라장 한복판에서
한 목숨도 상하지 않고
한 집도 무너지지 않은
땅이 있단다 '에르진'

그 지역 모든 건물은
절대 거짓을 섞지 않고
오로지 정직이란 공법으로만
짓도록 명령했다는
'에르진' 시의 시장님

인간 승전보에 눈물이 난다
여러분
우리 잠시만이라도
거짓말 시합을 멈추면 안 되나요

마중의 시절

사람은 그렇다 치고
문전에
허기조차 찾아오지 않는다

자리를 거두고
이제는 무엇이든 공손히
마중을 나가야겠다

밤새 걸어오신 아침을
맨발로 마중하고
여기 저기
꽃들이 벙그는 소식에도
부지런히 마중 나가야겠다

들판 지나갈 낙엽과
그 뒤에 오고 있을
흰옷 입은 이들의 행차에도
미리 채비를 해야겠다

기다림은 이제
나의 때가 아니다
지금은 그저
다가오는 모든 시간을
황송히 마중해야 할 때

식욕 도망간지 오래인데
아직도 기별 없는
허기를 마중하기 위하여
장맛비에 늑골이 드러난
언덕길을
휘이휘이 오른다

뒤따라오는
멧새 한 마리가 고맙다

우리는 부추보다 비겁하다

시장약국 앞
보도 블럭 몇 칸의 오랜 터주
은발의 노파가 팔다 남은
시들한 부추에서 훅 끼치는
고약한 냄새

제 몸 한 구석 털끝만 상해도
즉시 스스로를 고발하는
저 성깔머리

여러분 나 좀 보세요
나는 이제 몹쓸 것입니다
나를 버려주세요
내 곁에 얼씬도 하지 마세요

오가는 이
모두 알아듣도록
고약하게 외쳐대는
그 부패의 신호가

나는 차라리 기꺼워
천 원 한 장에 떨이로 사다
성한 것을 추리니
한 끼 상에 올리기 족하다

얼마나 정직하고 아름다운가
이 식물의 본성이

살면서 단 한번이라도
용기 내어
세상을 향해 큰 목소리로
스스로의 잘못을
고한 적이 있었던가

오늘도
구린 냄새를 가리기 위해
전력을 기울이며 사는
우리는 모두
저 부추보다 비겁하다

아직도 궁금한 게 많아요
어머니

당신께서 주신 살과 뼈가
이제는 당신보다
십 년도 더 많이 늙었습니다
그래도 가끔
궁금한 게 생각나는데
어머니는 눈물을
어디에 숨기고 사셨나요

동네 분들이 가끔 편지를 들고
부엌으로 찾아오셔서
그제야 비로소
배움이 많으신 줄 알았고

안방에 걸려 있던 커다란 액자 속
등 굽은 소나무 아래
외다리로 서 있던 백학의 깃털
볼 때마다 하르르 떨렸는데
그 깃털이 한 땀 한 땀
당신 솜씨라는 것도

난리통에 인민군에게 끌려가
밤새도록
인공기에 수를 놓으신 일도
훗날 어쩌다 알았지요
한 번도
소리내어 웃지 않으신 것도
나는 아직 궁금합니다

잃어버린 것에 대하여
침묵하시고
아무리 아프고 힘들어도
신음소리 없으셨으니
눈물은 대체 어디에 감추셨는지
궁금합니다

이번 한가위엔 두둥실
달로 떠오르시어
한 수 가르쳐 주시어요

입맛이 쓰다

사랑에 미쳐는 봤니
사랑에 올인해 봤니
사랑은 사랑은
사랑은 돈보다 좋다
쿵짝 쿵짝 피아노 반주만 걷돌더니
뜨악해지는 노래 소리

벌떡 일어난 한 여자
눈알 크게 몇 바퀴 굴리더니
뭔 소리여 돈이 더 좋지
말끝에 벌떼처럼 웅웅거리며
맞장구치는 여자들

아무렴 그래도
사랑이 조금 낫겠지 싶어
돈과 사랑의 싸움을 한 판 붙였으나
돈이 좋다에 몽땅
손 드는 여자들

하필이면 오늘
그녀가 보이지 않는다

그 옛날 도망짐 싸들고
깊고 깊은 단양 골짜기로
사랑을 찾아 갔다던
아, 그녀가 있었으면
한 표는 나왔을 것인데

기권 한 표 나오지 않은
사랑의 완패에
나는 왜 분한 생각이
자꾸만 드는 건지 참

드레스

이 지지배야
시집좀 작작 가거라
니 결혼식 쫓아댕기다가
내가 먼저 죽겠다

신부 대기실에 들어서자마자
그녀의 화살촉 같은 축사에
염치도 민망함도 내던지고
세 번째 청첩장을 날린
헌 신부가 하는 말

왜 부러우냐
부러우면 니년도 다시 해라

지랄한다 지지배
그래도 드레스는 저번 꺼보다
훨씬 이쁘구나

결혼식에서 돌아와 그녀는
겉장부터 갈잎색이 되어버린

결혼식 앨범을 꺼내
앳되고 촌스러운
옛 신랑 신부를 들여다본다

그런대로
옆에 인간은 그냥 놔두고
요 드레스만 갈아입어 봤으면

앞판 등판이 환하게 드러나고
속살이 달빛처럼 내비치는
그 지지배가 오늘 입은
드레스는
꼭 한 번 입어보고 싶다

거울을 들여다보며
그녀는 희고 긴 목덜미 아까워
손으로 한 번 쓸어주며
내가 더 이쁠 것인데......

기다림

어떤 이는 목련이 눈 뜨기를
어떤 이는 첫눈이 내리기를
기다림은
저마다 갖는 내밀한 의식
기약된 만남
오지 않을 사랑
벼락같은 행운을
때론 형벌 같은 시간이
어서 지나가기만을

삶의 모든 틈새를 채우는
각양의 기다림은
어쩌면 우리네 삶을 받쳐주는
굳건한 지지대
그리고 모든 기다림은
추억으로 저장된다
오늘도 사람들은
기다림의 열차에 올라
세상을 달린다

사르비아

어느 시인은
살아생전 너에게 미리 말했다지
병든 날 피가 모자라면
너에게 수혈을 부탁한다고

그러나 시인은 미처
네게 급환을 알리지 못하고
총총히 세상을 떠났지

사르비아
내게도 그런 날이 임하면
너에게 청을 넣고 싶구나

흐릿하게나마
심장을 뛰게 하는 내 마지막 남은 피를
사르비아
너에게 모두 헌혈하겠노라고

그리하여
생의 진창을 건너느라

암적색 멍울지었을 나의 목숨
초가을 가장 화안한
선홍의 네 혈통을 빌어서

내가 물들고 싶어 하던
저 깊은 하늘색 아래
오롯, 순수의 풍경이 되어
가을 한 모퉁이
붉은 비명으로 서 있고 싶구나

캄캄한 계란

메추리알을 그저
계란이라고 부르는 아이
점심에
어린이집에서 처음 먹어본
메추리알 장조림이
자꾸만 생각난다
집에 오자마자
까만 간장물이 밴
메추리알을 떠올리며

할머니 캄캄한 계란 해 주세요

오냐 알았다

귀 어두운 할머니는
날이 어두워지기만을 기다리고
아이는
아까 점심에 먹었던
캄캄한 계란을 기다린다

트 로 트

괴질이 온 나라를 휩쓸어
방구석에 갇힌 사람들
귀천 없이
소독내 풍기며 살 때

오랫동안 갇혀 있던
그리움과 서러움이
모처럼 밖으로 쏟아져 나와
사람 냄새를 흩뿌리고 다녔고
TV에서는 애젊은이들이 나와
트로트를 부르기 시작했다

굽이치고 꺾어돌며
살아보지 않은 삶
어찌나 천연스레 부르는지
구절구절 체하여 목이 메고
남의 사연에 제 설움 얹어
사람들은 TV 앞에 앉아
주책없이 눈물을 찔끔거렸다

인심이 멎고
핏줄도 비켜 살던 때
아무렇지도 않게 다가와
곁이 되어준 트로트

돌아가신 부모님
소식 끊긴 어릴 적 친구
흘러간 옛 시절 우쩍 그리워져

그 해 겨울엔
막혔던 눈물보가
와르르 무너져버린 사람들
참 많았다

봄날은 간다

늙은 고양이
대문 앞에 나와 앉아
자꾸만 졸리다

붉은벽돌 담장 너머에서
더듬더듬 흘러나오는
귀에 익은 피아노 소리

내가 열 살 때 더듬던
바이엘 66번 저 왼손 자리를
오늘 어떤 아이도
나처럼 더듬는구나

골목 어귀만 내다보는
청기와네 자목련은
아무래도 누구를 기다리나
어제보다
모가지가 더 길어졌다

언덕에 오르고 싶던 바람은
길을 잘 못 들었다 중얼대며
골목을 더듬고

일억오천만 킬로쯤
숨차게 달려온 햇살이
드디어 어린 신부를 만나
담 밑 새싹과 종일 부벼댄다

눈이 부셔
서로가 눈이 부셔
앞 못 보고 더듬거리는 동안

아장아장 혼자서
봄날은 간다

어머나

냉이 쑥이
보약처럼 기운나고

바람도 딱 제 맛
훈훈하니 목에 감기어
머잖아 오시겠거니 생각은 했지만

어머나
쌀을 앉히기도 전에
손님께서 들이닥치듯
오늘 아침
무심천 벚꽃이 그러시네요

한번은 꼭
저리 찾아올 것 같은 그대

맞이할 일 어째
두서없이
몸달기만 하네요

주름잡는 사나이

그 때는 말이오
사람들이 나더러 뭐랬는지 아오
명동에서
주름잡는 사나이라 불렀지

권투선수 김기수가 하는
챔피언 다방 옆에서 세탁소를 했는데

그 때는 말이오
손수건이 멋쟁이의 상징이던
시절이었거든
남자는 포켓 손수건
여자들도 머리에 쓰는 게 유행이었지

하루에 칠십 장 정도
손수건을 다림질했거든
한 장에 오백 원 받았지
월급쟁이 한 달 월급을 나는 하루에 벌었다오

충무로 영화판 사람들이 다 고객이었지

손수건 다려주고 양복 주름 세워주니
당연히 나는 명동에서
주름잡는 사나이라 불렸지

배우들이 영화 찍고 나서
분장 지우려고 목욕탕에 가면
벗어놓은 옷을 나한테 가져오는 심부름꾼이
따로 있을 정도야

그 많은 옷들이 모두
내 손을 거쳐 갔단 말이지

그때는 말이오
나도 삼색구두 맞춰 신고
머리 스타일도 구불구불
눈이 커다라니 다들 귀엽다 했지

흥청망청 돈 뿌리고 다녀도
주위에 잡아주는 이가 아무도 없어
서울 구석쟁이 헐한 땅
한 평을 잡아놓지 못했으니...

그래도 그 때가 있어서
가끔 행복한 꿈을 꾼다며
팔순의 사내
얼굴에 환한 주름을 잡는다

무모한 생각

기별도 없이
가슴 설레임 하나
갑자기
들이닥치면 좋겠습니다

눈물이 핑 돌거나
마음 따스해지는 아름다운 소문들이
어디서 눈발처럼 날아와
악취 나는 얘기들로 더럽혀진 귓가에
살포시 쌓이면 좋겠습니다

여럿이 모여 밥 먹다
숟가락 놓치고
허리 접어가며 웃을 일
무시로 생겼으면 좋겠습니다

오랜만에
길에서 만난 어릴 적 친구

이게 누구야 반가워
서로 부둥켜안을 때
뺨이 맞닿고 입김이 섞여도
아무렇지 않은

눈만 보이는 입마개 족속들
제 얼굴 환히 들고 다니는
눈 코 입 종족으로
하룻밤 새
진화하면 좋겠습니다

비운의 해바라기

누가
해바라기를
함부로 대하는가

도심 한복판
공사장 가림막 아래
수십 개 화분에 심겨진
해바라기들

입동도 한참 지나 오늘은
어디선가 손돌바람 일고
첫눈 오신다는 소설

어린 것들은 말라 죽고
더러는 안간힘 모아
짧은 해를 바라 꽃잎 피운다

아프겠구나
노란 만큼 아프겠구나

대체 누굴까
겨울 턱밑 공사장 곁에
해바라기를
옮겨 심은 이 억지는

나는 매일 오가며
영글지 못한 씨앗을 품고
죽어가는 해바라기 임종을
지켜본다

그리고
어느 무도한 손길에게
강력한 조의를 표한다

제 3 부

큰 잘못

타다 남은 삭정이 잿불만도
따듯함이 모자랐습니다

가을 소나기
피하는 겨를만큼도
기다림이 모자랐습니다

부질없이
친절을 아끼었고
웃음도 허술하게 나누었습니다

일찌감치
사랑을 내몰고는
돌아올 자리
비워두지 않았습니다

그리고 너무 늦게
그걸 알았습니다

도토리 방앗간

희소식
도토리 가져오시면
바로 녹말로
껍질 상관없고
빠릅니다
두 시간 내
가정에서 하시는 것보다
두 배 나옵니다
수공료 저렴
하루만 불려 오세요

　　더우식품

종일
두 배 더 나온다는 말만
귓가에 뱅뱅 돈다

이제 한 줌 남아 있는
네 생각

하루만 불려 가져가면
두 배로 돌아올까
그러면 묵이라도 한 판 쑤어
곱게 채 썰어
청정 가을볕에 바짝 말려
맑은 유리병에 담아 놓고

내 눈 어두워지고
입맛도 잃어버리고
다행히
귀는 아직 살아 있을 때
가끔 유리병 흔들어
달그락 거리는 소리 들으면서

가물가물 꺼져가는
나의 사랑
흔들어 깨워볼까

준설

남은 게 뭐 있간
벼는 몰라요
조금이라도 싹이 나올지
허탈한 농부는
먼 하늘만 바라본다

진작 강바닥 깊이 파내어
물그릇을 키웠더라면
저리 강물 넘쳐
사람과 논밭
쓸어가진 않았을 것인데

어디 강바닥 뿐이랴

살아오는 동안 우리 마음속에
켜켜이 쌓인 것들 좀 많은가
그 바닥도 한껏 높아져
하찮은 일에도 종종
우리 무너지지 않던가

연일 눈앞에서 일어나는
비극을 보고서야
사람의 마음도 날마다
준설해야 하는 것임을

갑자기 뜨끔해져
정신 차리고
내 바닥을 들여다본다

아픔의 자리

까닭 모르게
손톱을 앓는다 하필
대장 손가락 엄지를

하루 종일
엄지가 나서지 않으면
되는 일이 없다

약 발라 동여맨 채
온 마음이 엄지한테 쓰이는
나날
누가 말했었지
세상의 중심은 아픔이라고

한 달이 넘도록
내게도 세상의 중심은
아픈 엄지

아픔으로부터 도망자는 없다

천의 얼굴로 찾아와
우리들 한가운데
자리매김하는 아픔

강강수월래하듯
우리는 언제나
제 아픔의 둘레를 돌며 살아간다

수다 상차림

여인들이
남정네보다 오래 산다는
수다의 효능

배가 불러도 모자라는
그런 게 있어
식후 한 잔의 커피로 시작되는 코스
남정네들은 절대로
차릴 수 없는 상차림
차리다 보면
매번 상다리가 휜다

젊을 때는
남편 시댁 자식들 얘기
직장 동료 꼰대상사 얘기
드라마 연예인 스캔들
부동산 주식 등
그러다 어느새 커버린 자식들
시집 장가 보내는 얘기

그 시절도 다 지나
이젠 재주 많은 손자 자랑
몹쓸 혈관과
마디마디 삭아내린 관절
몸보신 이야기와
돌아가는 세상 꼬라지
참을 수 없이 미운 것
그리고 싫은 것들

모두 꺼내 잘근잘근
후련하게 씹으며
한바탕 웃고 상을 물리지만

돌아서 생각하니
그토록 풍성한 상차림에
빠지지 않는 밑반찬은
언제나 죽음이었다

기억의 성

벽 허물어진지 오래 된
기억의 성

시간은 고이어
시나브로 호수를 이루고

가끔 날아드는 팔매가
물살을 일으키면
퍼득이는 기억들이
은빛 날개를 달고 솟구친다

때때로 벨벳 같은
밤하늘에 박아 두었던
어릴 적 별을 만나러
가기도 하고 가끔은
그리운 사람을 종일 기다리다
허탕치고
돌아오는 날도 있다

종일 달려도 숨차지 않는
기억의 들판엔
시들 줄 모르는 꽃들이
소녀처럼 웃기만 하고
숲이 품었던 새들은
아직도 옛 곡조를 잊지 않고
생생하게 부른다

오랫동안 벼르다가
오늘은 한 사람을 묻어주고
돌아왔다

당분간은
그 성에 가지 않으련다

장돌뱅이 아내 되어

나 다시 태어나면
어질고 어깨 튼실한 장돌뱅이 아내 되어보리

푹푹 눈 내린 날엔
눈에 갇힌 핑계로 낮잠이나 퍼 자고
장대비 억수로 때리는 날이면
문 걸어 잠그고
종일 시시덕거리며 뒹굴다
어지간한 날씨엔
서둘러 새벽길 따라 나서리

덜덜거리는 트럭에
비릿한 건어물 한 차 싣고
조수석에 앉은 나는 가끔 노랫가락 뽑고
음치 같은 사내는
후렴구나 겨우 따라 부르며
장날 따라 여기 저기 흘러다닐 때
길에서 만나는 세상 모든 꽃들에게
내가 먼저 달려가 인사하리

각처에서 모여든 장돌뱅이 틈에
건어물 한 바닥 풀어 놓고는
삶의 노고 짙게 배인 얼굴들과
수십 년 지기처럼
키득키득 농짓거리하며
시계 방향도 잘 모르는 여자처럼
엄벙덤벙 살아보리

보는 것마다 사 달라 흥흥 졸라대면
혀끝 몇 번 끌끌 차고 뭐든 다 사주는
다시 태어나면
그런 장돌뱅이 아내가 되어
장마다 새 옷 갈아입으며
살수록 정 깊어지는
사내 곁에 찰싹 붙어
철이 없어 도무지 늙지도 않는
맹순이 같이 살아보리

모든 쓰레기는 아름다웠었다

전봇대 아래
누런 배추 떡잎 한 자루
철 지난 신발 보따리
펼쳐진 포장박스 묶음
비닐 봉투 가득
뒤엉켜 쓰러진 빈 병들
어느 먼 곳으로
다시 버려지기 위해
찬비 맞으며 기다린다

한때 연둣빛 새순
푸른 하늘과 눈 맞추며
어여삐 자랐을 배춧잎들

어느 신부의 발에서
빛났을지 모르는 신발

밤새워 머리를 짜내 누군가 그려냈을
포장지의 각색 문양들

따뜻한 입술 아직
기억하고 있을지 모르는
빈 병들

모든 쓰레기가
한때는 아름다웠었다

숨을 곳 없는
우리의 종말도 같지 아니하랴

그래도
세상이 늘 빛나는 이유는
모든 것들이 한때
아름답기 때문이다

늙은 용사는 울다가 떠났다

겨우내 비어있던 옆방에
늙은 사내가 들어
모처럼 벽에서 온기를 느낀다
월남참전용사라는 사내는
나라에서 주는 몇 푼으로
밤낮없이 목으로 넘기는 건
그저 술뿐

얼마 전 아내 죽고
이 동네 사는 아들이
제 집 가까이 아비를 옮긴 거다
아내가 그리운 건지
혼자가 서러운지
한 때의 용사가
밤이면 벽을 치면서 엉엉 운다

벽 하나를 사이에 두고
사내의 울음소리를 들으며
나는 종종 슬픈 잠을 청한다

아들은 가끔도 오지 않는다
갑자기 고아가 된 늙은 용사
한나절씩 대문 한가운데 가로앉아
지린내를 풍기며
드문드문 오가는 사람
넋 빠지게 구경한다

사내가 하는 일이라고는
날마다 빈 술병으로
방문 앞에 멋진 성을 쌓는 일
나는 몰래 그 성을 훔쳐보며
언제쯤 완성될까
눈대중으로 성의 길이를 잰다

그런데 요 며칠 밤 옆방이 고요하다
사내가 울음을 그쳤나 싶었는데
주인의 말이
아들이 와서 사는 꼴을 보고
요양원으로 보냈단다

성을 완성하지 못하고 떠난 게
조금 아쉽지만
차라리 어디서 뜨신 밥 한 끼
제대로 얻어먹으면 그게 다행이지

사내가 방을 뺀 후에도
한밤중엔 가끔 벽을 치며 우는
사내의 울음소리가 들린다
환청 속에서
나는 그냥 슬픈 잠을 청한다

삶의 밑그림은 비극

어느 길목에서
이 그림자와 맞닥뜨려도
그리 놀라지 말 것은

애시당초
우리 삶의 밑그림은
비극이었다

생각해보라
세상에 나올 때
우리 얼마나 온몸으로
울어제꼈나

모든 것을
울고 또 울어서
얻지 않았던가

그 시절 지나니 이젠
울면 지는 거라 입을 막았지

어쩌다
곁에 날아온 파랑새는
그리 오래 머물지 않았다

신은 감사하게도
세상의 모든 빛깔을
인간에게 선물하셨다

누구나
생애 몇 편쯤은
비극의 밑그림 위에
애면글면
제 나름의 채색으로
눈물겹게 아름다운 명작들을
그리고 떠난다

매기의 추억

사람의 신수는
구두가 말해주는 거라고
딸의 구두를
광나게 닦아 주시던 이

잿빛 두루마기에
자색 비단 목도리를 두르시고
길을 나서면
자태가 새악씨 같던 이

젊어부터
지팡이를 좋아하신 건
당신도 어딘가 기대고 싶으셨나요

한평생 세상과 불화하셨으니
우리는 늘 그 파편 속에 살았고
취생몽사 하리라 주문 외우시더니
마침내 그 소원 이루셨지요

눈 밑의 무사마귀
검버섯 새순 여기저기
돋아나는 나이가 되니 비로소
취기 뒤에 감추고 사셨던
당신의 깊은 우수를
어렴풋 알아차립니다

오늘 영정 속 아버지께
화해의 술잔을 올리며 나지막이
매기의 추억을 불러봅니다

언제나
앞 소절만 연거푸 부르시던
옛날의 금잔디 동산에

아마 뒷 소절은
저 세상에서
마저 부르고 계시겠지요

등은 말한다

등은
아무 말 없이 말한다

저기 앞에 가는 이
등에는
그이의 숱한 이야기가
쟁여있다
얼마나 땀 흘리며 살아왔는지
지금은 또
얼마나 쓸쓸함을 업고
가는 중인지

돌아올 수 없는
저 언덕 향하여
쉬지 않고 두 팔 저어 가는 등

평생 써 내려가도
정작 자신은 읽을 수 없는
삶의 기록 보관소

등은 누구도 꾸밀 수가 없다

오직 타인만이
정면에서 바라볼 수 있는
그 이 숨은 얼굴

고목에 기대어

속 빈 고목에 기대 앉아
바람이 드나드는 소리를 듣는다

오가는 이
뉘게나 내어주려
오랜동안
안으로 안으로
제 나이테 사그러뜨려
아득히 만들어 놓은
방 하나
우듬지 끝으로 있는 힘 다해
새싹 밀어 올리며
쉴 곳 없는 나그네
기다리는 고목의 빈 방

숱한 생명들이
기숙하다 떠났을 방 안을
들여다보며
늙음의 자세를 생각한다

위로의 언어

저 깊은
슬픔이나 괴로움에
사람의 언어는 결코
닿을 수 없다

그러나 뭐라도 해야겠기에
우리는 위로의 문장을 짓는다

누군가 아프고 괴로울 때
말없이 그의 곁에서
같은 농도의 눈물을
흘려준다면

그 흐르는 눈물 다 마를 때까지
언제까지라도 기다리며
길고 긴 한숨
함께 쉬어준다면

아마도
슬픔이나 괴로움도
아주 조금씩
씻겨나가지 않을까

살과 뼈에 닿지 못하는
위로의 언어는

조심스러운 가짜일 뿐이다

꿈꾸는 방랑자

길은
내 안에 수천 갈래
나는 날마다
길 떠나는 꿈을 꾼다

작은 가방 하나
진작 단출하게 꾸려놓고
아직도 떠나는 법을 몰라
꿈만 꾼다

언젠가는 저기 보이는
저 길을 따라 나서리라
그러나 내 염원은
시원찮게 부는 바람에도
기가 꺾인다

바람의 손매 얼마나 매서운지
저 봐라
나무들도 쓰러지잖아

자갈밭 진구렁에 혹시
발이 묶일지도 몰라
혼자서 가다가는 아무래도
되돌아올 거야

그러면서도
날마다 구차하게
나는 길 떠나는 꿈을 꾼다

혼자라는 것 말고
혹시 더 지독한 결핍을
동반해야 하는 길인가

한 발짝 나서보지 못하고
주문만 외우는 나는
방랑을 탐하기엔
역시
어리디 어린 것이야

함부로 친절하기

허름한 차림새의 여인이
구청 가는 길을 묻는다
몇 걸음 함께 걸으며
다정히 길을 일러주었다

택시를 기다리는데
내 뒤에 짐 보따리 들고
기다리는 이
먼저 온 택시에 그이의
짐을 들어 태워 보냈다

시장 바닥에 앉아
푸성귀 한줌씩 놓고 파는
은발의 노파에게
젊은 여자가 값을 묻더니
마트보다 비싸다고
쌩 가버린다
여인이 외면하고 간 시금치
얼른 사주었다

폐지를 잔뜩 싣고 가던
여인의 리어카에서
하나 둘 미끄러져 내리는
종이박스들
초록불 5초 남은 횡단보도를
전력질주로 건너가
느슨한 리어카 줄을
함께 당겨가며
폐지들을 단단히 묶어 주었다

삶의 모든 때가
함부로 친절해도 괜찮을 성 싶다

세 살

엄마 개새끼
아빠 개새끼
어디서 배웠는지
하루 종일 재미 붙여
개새끼를 입에 달고 노는
세 살 은겸이
볼기짝을 흠씬
두들겨 맞고서야
다시는 안 하겠다고
고사리 손 모아 마구 부볐다

그날 밤
잠투정이 유난스러워
엄마가 손을 번쩍 들어
때리는 시늉을 하자

엄마 개애새끼 아니구요
엄마 가 강아지요
강아지

비상구 있어요

삶은 언제나
불완전 연소하여
늘 매캐한데도
사람들은 그러려니
비상구를 찾지 않아요

한번쯤 그대 등 뒤
비상구 밖의
다른 세상을 궁금해 보세요
용기 내어 힘껏 열고
이제껏 보지 못한
드넓은 세상의 경계와
맞닥뜨려보세요

가슴 떨리고 두렵거든
그냥 와락 껴안아보세요
차마 밖으로 나갈 용기 없다면
문 밖의 다른 세상을
안으로 끌어들이세요

내 안에
새로운 세상을 끌어들여
한 뙈기라도
나만의 밭을 경작해보세요
그러다
남 모르는 열매 하나 맺거든
수고한 그대 이름
붙여주세요

그윽한 시간에
그대 이름과 마주해 보세요

우리의 마침표는 어디인가

뛰어오던 심장이
멎는 지점
그곳이 삶의 마침표겠지
생각했는데

여기저기서 심폐소생술로
다시 살아난 이들
건너 세상 구경하고 돌아와
전하는 이야기들
하나같이 생생하건만

누구도
그들의 이야기
헛말이라 나서는 이 없다

우리 인생의
진정한 마침표는
어디에 찍히는가

가끔 높은 하늘 우러러
깨끗이 마음 헹군 날에
스스로 쉼표나 하나 찍자

삶은 늘 미궁 속
더듬어가는 일 아닌가

어차피 꼭 한 번
치러야 할 이벤트 마침표 찍는 일

그 전까지 우리는
눈부신 진행형일 뿐이다

해일을 기다리며

오래도록
하느님의 처방을 잊고 살았다

시간의 완력으로도
끌어내지 못한
고통의 잔당을 몰아내기 위해선
울음이 제일 좋다는

울어야 할 일 참 많았는데
울면 지는 거라는
최면에서 벗어나지 못해

세상에 지지 않으려
울지 않았다 그리고
우는 걸 잊어버렸다

제때 흘리지 않은 눈물은
다른 장기로 흘러 들어가
고인다는 것도 모르고

웃음이 파도라면
울음을 해일이라고 한다

이제 무엇을 이기기 위하여
내가 해일을 두려워하랴

부수고 휩쓸고 돌아오지 않는다는
해일을 기다리며
한 남자를 생각한다

그 옛날
말을 타고 가다 멈춰서
끝없이 넓은 평원을 바라보며

아, 울기 좋은 터로구나
말했다던

제 4 부

모든 꽃은 그리움으로 핀다

채송화 시드는 걸
가여워하던 네가

다알리아꽃을 꺾어
입맞추고 건네주던 네가

나팔꽃 담 밑에서
나팔 부는 시늉을 하던 네가

해바라기로 얼굴 가리고
장난치던 네가

오늘은 도심에서 멀리 떠나온
간이역에 역무원이 되어
붉은 칸나로 서 있구나

어느 사이 네가 없어도
너를 보는 일이 내겐 쉽구나

그리움을
꽃이라 여기고부터
너를 보는 일이 이리도 편하다

그리워하면서도
만나지 않고 살 수 있는 것은
세상에 늘
꽃이 피기 때문이다

모든 꽃은
그리움 때문에 핀다

우아한 왕국

여름을 지나는
그 집 마당은
잡초들의 합창이 웅장하다

기나긴 장마와
몇 차례 사나운 태풍에도
그 집 하늘에 걸쳐 사는
거미들은
놀랍노록 안녕하시다

노랑색 줄무늬 종족의
크고 작은 거미들이
태풍의 절기에도
여기저기 새마을 공사가 한창
눈이 부시게
대단한 가계를 이루고 산다

지구촌은 3초에 한 사람이
굶어 죽어가는데

공중밭을 잘 일구어낸
거미의 곳간엔
구석구석 먹잇감이 풍요롭다

덩치값도 못하고 포획된
왕벌 한 마리
이미 박제가 되어
저만치 구석에 걸렸다

툭하면
사람들이 즐겨 찾는
'핑계'라는 도구가
저 나라에는 없을까

전염병 덮쳐 흉흉한 시절
묵묵히 공포를 넘어서는
거미들의 왕국이
푸른 하늘을 끼고 우아하다

황송한 일

2.5 단계
방역 명령으로
굳게 문이 잠긴 무료급식소

암만 허기져도 갈 데 없어
밥때 가늠 없이
급식소 문이 열리기만
오늘도 줄 서서
기나랗세 기나리는 노인들

경찰서 담장 철책 아래
오도마니
겁먹은 눈망울로 엎드려 울던
어린 고양이

지금쯤
뭐라도 배를 채웠으려나
그네가
눈에서 벗어지지 않는다

하는 일 없이 빈둥거리며
빌어먹지 않고 산다는 게
이토록
황송한 일인 것을

뉘에겐
끼니가 멈춘 저녁
이제 보니 나의 식탁은
철이 없구나
너무 요란하구나

오랜만에
라디오에서 흘러나오는
에디뜨 삐아프의 목소리
세상에서 가장 아름답게 굴러가는
그녀의 목소리가
오늘 저녁은 차마
저만치서 주춤거린다

오늘

내 인생에
처음 마주하는
"오늘"입니다

햇빛과 바람 그 어느 것도
어제의 것이 아닙니다

어제의 세포들
죽어나가고
머리털은
방바닥에 떨어져 뒹구는데
내 몸은
"오늘"의 새로운 피가 흐릅니다

사용설명서
그 어디에도 없지만
"오늘"은
세상에 처음 출시된
단 하나뿐인
신상품입니다

그런데 사람들은
거들떠보지 않네요

포장조차 뜯지 않고
"오늘"을
질식시키는 사람들이
너무 많다는 생각에
문득 민망스러워
고개를 들어
하늘의 눈치 살펴봅니다

위대한 꽃밭

아내라는 이름은
날마다 식탁을 가꾼다

아침이 지고 나면 저녁을
저녁이 지면 또
다음 날 식탁 위에
새로운 꽃을 피운다

가난하기나 말거나
머릿속엔 늘
즐거운 상상을 장착하고
무시로 저잣거리를 기웃거리며
사랑하는 이를 위하여
식탁을 가꾸는 일
일생 멈추지 않는 정원사

식탁은 위대한 꽃밭
그 밭에서 지아비는 힘을 얻고
새끼들 꿈이 영근다

아내라는 이름이
세상에서 사라진다면
인간이 무엇으로 번성하리오

그런데 요즘
서글픈 소식이 들린다

바라건대
아내라는 이름이여
소멸되지 마라
아프지도 마라
부디 종족을 보존하라

저장법

싱크대 아래서
해묵은 대추 한 알 굴러나와
무심코 마당에 던졌다

사날 후
하늘이 꾸물꾸물
비 오시려나 내다보니
어디서 모여든 개미들
새끼많게 달려들이
영차 영차 대추를 운반한다
한겨울 양식이라도 장만하려는가

혹여 굵은 비 쏟아질까
개미들 가는 길에
우산을 펼쳐 주고
돌아서 문득 드는 생각
우리네 사랑도 저리
저장해 놓을 수 없을까

타오르던 불꽃 사그러들고
사랑의 온기 잃어버린 사람들
어느 날
조금씩 꺼내어
다시 데워 쓸 수 있다면

개미들의 대 역사를 바라보며
나는 골똘히
사랑의 온도와 습도와
공기를 떠올리며
그 저장법을 생각한다

열이 많은 아이

몸집 좋고 얼굴이 흰 빵 같은
서울 아이는
전학 온 첫날부터
반 애들과 금세 친해졌다
그 날로
서울 아이 집에 다녀온 아이들
자못 이야깃거리가 많다
방 하나에 아빠랑 살림을 차렸다나
그렇게 작은 방에서
오글오글 함께 놀아보긴 처음이라며
신기한 듯 떠들었다

며칠 후
긴 갈색 머리를 어깨쯤 늘인
화장끼 엷고 참하게 생긴 여자가
서울 아이를 찾아왔다
복도에 서서 한참 동안
아이의 얼굴만 어루만지다가
울지 않고 돌아갔다

우리 엄마 예쁘지요
연인을 자랑하듯
아이는 멋쩍은 웃음을 지어보였다

두 사람 헤어질 때
아무래도 아빠 혼자 못 살 것 같아
내가 따라 나섰어요
세탁기 돌리는 일
밥물도 이젠 잘 맞춰요
잔소리 엄청 해 가며
울아빠 데리고 살아요

더 많이
외로운 쪽을 택한 아이
열이 많아서인지
11월인데
그저 반팔 소매 차림이다

사랑을 빌려주다

회식 자리에서
깻잎장아찌 한 장 떼기에
계속 실패하는 그를
보다 못해 옆에서
도와준 것뿐인 그녀에게 푹 빠져
매일 밤 잠을 이루지 못한 그는
반쪽이 된 얼굴로 나타나
심하게 사랑을 앓고 있다고
그녀에게 고백했다
부모가 정해준 짝과
유교적으로 잘 살던 그는
자신의 병이 사랑인 걸 알고
몹시 부끄러워했다

당황스런 그녀
한참을 생각하다가
혹시라도 그의 병이 깊어질까
처방전을 내놓았다 당분간
사랑을 빌려주겠노라고

그는 다음 날
쉰여덟 송이의 붉은 장미를
그녀에게 바쳤다
길가 좌판대에서 파는
팥알만한 다이아반지를 사서 끼워주고
호숫가를 거닐며
홍난파의 노래를 부르고
팝콘을 사이에 앉히고
워낭소리를 함께 보았다

젊은이들과 나란히
솜사탕을 핥아 먹으며
거리공연을 보기도 하고
길거리 음식을 사먹으며 시시덕거렸다

어느 날
늙은 마로니에나무 아래서
그는 무릎을 꿇고
그녀의 손등에 입맞추었다

잠시라도
사랑을 빌려준 그녀에게
진실로 고맙다고

다 이루었다는 얼굴로
그는 돌아섰다

여름 타는 골목

'오천냥 식당' 늙은 문고리에
맹꽁이 자물쇠가 걸렸다

휴가 갑니다
'종이와 이쁜손' 유리창에
귀 떨어진 알림장을 보고
가끔 바람이 찾아와 수작을 건다

발레리나와 천사가 우두커니
멈춘 모빌
한쪽 눈망울에 먼지 쌓인
빨강 목각새 외눈을 치켜뜨고
홀로 진열장을 지킨다

옆으로 기우뚱
언제라도 쓰러지게 생긴 집
안방 문짝이나 가려볼까
판자 조각 엮어 세운 울에
호박넝쿨 대견하게 기어오르고

화분에 심어 놓은 고추랑 토마토가
일가를 이루어 북적대며
이때나 저때나
장돌뱅이 가시버시
돌아올 날만 기다린다

긴 긴 땡볕 여름
모두가 떠나버린 골목

천막사 낡은 간판에서
시간의 비늘이 덧없이
떨

어

진

다

저녁 노을

저 붉은 바다가
지극하게 하는 일은

이별한 이들이 찾아오면
아무 말 않고
배 한 척을 내어 준다네

슬픔이 깊은 사공은
배우지 않았어도
노를 잘 젓는다지

살면서
저 붉은 바다에 배 한 척
띄워보지 않은 이 어디 있으랴

가슴에 살던 한 사람
저 바다에 묻지 않은 이
어디 있으랴

사공들 사이에 떠도는 말은
바다가 붉을수록
아픈 이별이었다고 하네

오늘은 또
어느 누가 배를 띄웠는지
바다가 참말
붉기도 하구나

된장의 품격

뇌는
곧잘 나를 속인다
뻔히 안 괜찮아도
괜찮아 괜찮을 게야 속살거리면
나는 또 그 꾐에 넘어간다

아포가토와 코코넛크림 샌드쿠키
그 달달함에 홀딱
미각은 빠져들고

그러나 쾌락도 잠시
뇌보다 훨씬 똑똑한 장이 나서서
그들의 입장을 꾸짖는다

뱃속이 시끄럽다
또 속았구나
뱃속을 달래기 위해
아욱 한소끔 넣고
된장국 끓여 먹는다

그제사 장은 노여움을 거두고
뱃속이 편안하다

푹 삶아지고 으깨지고
끝없이 제 몸 삭히어
마침내 득도한 된장
그 손길은
불편한 뱃속 어루만지는 명의

넘어지고 다치고
다시 털고 일어나는 동안
삶의 굽이굽이
나름 잘 삭힌 것도 같은데

나는 언제쯤 흉내라도 낼까
된장의 저 품격과
따듯한 위로의 맛을

조각보

때로는
휑하니 구멍 뚫린 날
처참히 찢긴 어느 하루도
나 모르겠노라
도망치지 않았다

비가 들이치는 날엔 비를 막고
창수가 나면 언덕에 올라
소용돌이치는 흙탕물 바라보며
이건 지나가는 장면이려니
절로 물이 빠지기만
얼마나 간절히 기도하였던가

지우고 싶고 건너뛰고 싶은
어느 몹쓸 하루도
구겨버리지 않았다

잘 깁고 매만져 잇대어 온 삶

이제 보니
더러 쓰임새 있고
이음매가 돋보여
더욱 아름다워 보이는
조각보 하나가
어느덧 완성되어 간다

눈 그친 하늘에 별을 그리다

사람은 저마다
제 별 하나씩 갖고 태어나지
언제부터인가
까맣게 별을 잊고 사는
사람들 머리 위에
이 저녁 하얀 눈이 내리시네

너의 죄를 사하노라

새하얀 음성이
잠시 세상을 감싸지만
용서의 시간을
눈치 채지 못한 이들
눈이 녹기도 전 그 위에
어지러이 죄를 덧칠하네

눈 그친 하늘이
주검처럼 싸늘하다

밤하늘 어디에도 이제는
내 별을 찾을 수 없어
오늘 밤
나는 새로운 별 하나를
저 하늘에 그려 넣는다

별을 잃어버린 삶이란
누추해지기 십상이다

예보

지붕들이
점점 낮아지고 있어
눈이 올 거라나

옆 사람이 누구라도
괜찮은 날이 가끔 있지
전화를 걸어
약속 하나 낚아야겠어

수화기 너머로
"오늘은 안 되겠어" 꼬리를 빼면
다들 그래서
아무도 만나지 못하면

내내 서운함이라도 데리고
나서야지
타박타박
발자국이라도 되어야겠어

헐벗은 채
결기 하나로 버텨 사는
뚝방길 벗나무 아래를 걸으면
아마
쓸쓸하고 하얀
겨울 한 폭은 만들어지겠지

"다음에"라던 목소리와는
빗꽃 분분한 날로
예약이나 해 둬야겠어

쿨럭쿨럭
겨우내 쉰 기침이
어디든 따라 나서겠다며
먼저 채비한다

우아한 복수

그늘 없고 흙이 좋아
더 고운 꽃이 피는 건 아니다

바람막이 언덕
폐허의 한쪽 귀퉁이
뼈아픈 상처 위에도 꽃은 피어난다

제 자식 죽인 놈을
아들로 삼고 품어준 이

불의의 죽음을 맞아
쓸 만한 장기 눈동자까지
다른 이를 위해 모두 내어주고
떠나는 이

어느 해 홍수에
가족을 떠내려 보내고
평생토록 하천과 제방을 가꾸며
살아가는 이

자신도 버려졌기에
그 아픔을 딛고
버려진 아이들을 찾아
거두며 돌보는 이

상처를
상처로 들여다보며 살지 않고
그 자리에
세상 어떤 꽃보다
아름다운 꽃을 피우는 사람들

자신을 덮친 불행에게
이토록 우아한 복수가
어디 있으랴

겨울행 기도

내 마음의 온도가
부디 1도만 더
올라가게 해 주십시오

길을 가다
나를 만난 모든 이들에게
그 온도가 전염되어
이전보다 조금만 더
세상이
따뜻해지면 좋겠습니다

그리고 여지껏
살붙이처럼 끼고 살던
욕심 원망 미움과 시기 등
단칼에 내쳐버릴
결기 한 자루 내 주십시오

그 떨거지들 다 내치고

어린 시절 천진함을 돌이켜
유유히 겨울 산 오르며
지나간 봄 여름 가을도
참 좋았구나 하며
미소 짓기를

이 겨울행이
넉넉하고 평안하여
지나간 어느 계절보다도
발걸음 가벼운
오름이 되게 하소서

어디론가

꽃무늬 시들어가는 벽지
사진틀 속에서
점점 누래지는 가족들 얼굴

30촉 흐린 불빛 아래
돋보기 안경 코끝에 걸치고
해진 것들 겨우내 덧기워

새 것보다 더 따듯해진 양말들

밤마다 바느질 곁을 지키느라
어머니와 함께
허리가 휘어가는 반짇고리

땅 밑에서 막 길어올려
혀끝 찌르는
살얼음 낀 동치미랑
화롯재 털어가며 조청에 찍어 먹던
가래떡 구이 한 입

까맣게 탄 구들목에
두 다리 뻗고 모여 앉아
이거리 저거리 각거리
놀던 형제들

이 집 저 집 고드름 털고 다니다
볕 좋은 흙담에 기대
씨동무랑 나란히 호호 불던
붉은 손

고단한 꿈꿀 때면
창호지 문 흔들며 훼방놀던
머리맡의 그 바람

자고나니 신발 속에 소복이
하얀 눈 담아 놓고 사라졌다
어디론가

우리도 화물이여

나는 성형과 정형을 구별 못하던 시절에
정임이는 혼자 서울 올라가 용감하게
새 얼굴로 바꿔 내려왔다

그 덕에 집안 좋고 인물 미끄덩한 남자와
결혼하였다. 가난한 그녀의 옛 애인은
나를 찾아와 가슴을 뜯으며 꺼이꺼이 울었다

수완도 좋아 그녀는 작게 시작한 사업이
잘 되어 사는 바닥에서 이름도 얻고 돈도 벌어
강남여자 흉내를 내며 세 딸을 마담뚜한테 붙여
모두 사짜 들어가는 사위를 얻는데 성공한
사례가 되었다

갱년기를 과잉 방어하다가 유방암 판정을
받은 그녀 그동안 호르몬 약을 남용한 게
원인이 되었다고 딸이 있는 미국으로 건너가
병 고치고 온다더니
정임이는 돌아오지 않았다

그녀가 벌여 놓은 사업에 지장이 있을까봐
남편이란 사내는 그녀의 죽음을 쉬쉬하였으나
몇 달 후 비행기 화물칸에 실려 그녀가
돌아왔다는 소문이 바람결에 나돌았다
친구들 몇몇이 그녀의 넋을 위로하기 위해
강으로 갔다 그녀의 이름을 부르면서
잘 가라 소리치고
그녀를 떠나보내는 의식을 치뤘다

돌아오는 길에 우리 중 누군가 중얼거렸다
우리도 죽으면 화물이여..... 나중될 화물들이
말없이 서로의 얼굴을 바라보았다

일흔에 부치다

그대 뜻없이 누워 있는가
한 잔의 물처럼 앉았는가
가만히 있지 말라
이제는 생각을 일으키라
일으켜 서 있으라

아직 내게 호흡을 선사하는
고마운 초록별을 향해
대자연의 예법으로 서 있으라
그리고 어디서
작고 힘없는 목소리 들리는지
귀 기울이라
그곳을 향해 달려가라

죄의 모양이 아니면
그 무엇도 망설이지 말고
그대 남아있는 생기
쏟아줄 곳 찾아 헤매라

목말라 누워있는 풀포기
일으켜 세우고
어린 새의 발톱에
상처 닦는 일이라도
그대 쓰다 남은 피와 살
아낌없이 나누어주라
어두웁고
추위 있는 곳 찾아가
들고 있는 그대 시간에 불을 당겨
온전히 태우라
고운 재 하얗도록
한 조각 뉘우침도 남지 않게
활활 태우라

지는 해가 어찌 아름다운지
그대가 바로 이유가 되라

지워져가는 우리여
살아서 죽음을 연습하지 말라

기적의 목록

아침에 눈을 뜨고
자리에서 일어나는 일
한 번의 들숨과
한 번의 날숨
한 번의 기지개
한 번의 심장 박동
한 번의 콜록거림
한 번의 코 훌쩍임
한 번의 눈 깜빡임
한 번의 울먹임
한 방울의 눈물

창밖을 내다보는 일
태양을 마주하는 일
입가에 미소가 번지는 일
푸른 숲과 꽃들의
향기 속을 무심코 걷는 일
개울물과 새들의 노래를 듣고

그걸 따라 부르는 일
바람이 살풋 다가와
내 머릿칼을 만지고 지나가는 일

목구멍으로 넘어가는
한 모금의 청량한 물과
한 잔의 향기로운 술
한 숟가락의 따듯한 밥

앞으로 내딛는 한 발짝의 걸음
그 한 걸음으로
삶의 내력을 만들어가는 일

어떤 이를 만나
손을 잡아보고 눈을 맞추고
한바탕 웃고 떠들며
차 한 잔 마시는 일

그리움이 싹트고
누군가를 사랑하게 되는 일
부둥켜안고 뒹굴다 그만 헤어지는 일
때로는 고개 숙여 용서를 구하는 일

한 편의 시를 떠올리고
한 곡조의 노래를 흥얼거리다
꿈을 꾸며 잠이 드는 일

쓰다 보니
내 생애에는 완성하지 못할 것 같다
다발적이고
연속적인 이 기적들

너는
원래
맑음이었어

초판 1쇄 발행 2024년 12월 24일

지은이 김혜경
펴낸이 이낙진
편집·디자인 심서령 이시은

펴낸곳 도서출판 소락원
주소 경기도 양평군 강상면 강남로 714-24
전화 010-2142-8776
이메일 sorakwon365@naver.com
홈페이지 www.sorakwon365.com

ISBN 979-11-975284-9-1 03810